U0068273

名流詩叢

44

孑然一身

Alone With Everybody

據說

詩垂死

但我處處見到詩

在母親眼裡

在父親思想裡

在兄弟痛苦中

在姊妹笑聲中。

〔印度〕商多士·雅列思（Santosh Alex）◎著

李魁賢（Lee Kuei-shien）◎譯

自序
Preface

　　二十年來，我一直用五種語言在翻譯文學作品。開始時是翻譯短篇小說，然後繼續翻譯小說和詩。幾年後，我專注於譯詩。

　　從學校畢業後就開始寫詩，那些習作，仍然留在我私人日記裡。我重點在大量閱讀當代英文、印地文和馬拉雅拉姆文的詩，特別是這些語文的年輕詩人作品。由於長期譯詩，也許我的詩人身分就此浮現，為我2008年出版馬拉雅拉姆文第一本詩集，和2013年第二本詩集鋪路，同年我也出版第一本印地文詩集。

　　對我來說，詩是個人生命的慶典。這是我對外在世界的回應。讀者不一定要同意我的觀點，或對我在詩裡描寫的情境或主題有所回應。但我相信，我的詩有力道讓讀者思考那情境或主題，我認為那是身為詩

人的成就。用我的母語馬拉雅拉姆文，和印度的民族語言印地文寫詩，同樣具有挑戰性，因為必須用馬拉雅拉姆語思考、以馬拉雅拉姆文寫作，和用印地語思考、以印地文寫作。譯者註記，可使讀者理解印地文和馬拉雅拉姆文中所用口語的意義。

《孑然一身》（*Alone With Everybody*）是我的第一本英譯詩集，從我的馬拉雅拉姆文和印地文詩譯出，由我和詩人兼翻譯家Vijay Nair合作完成。我們嘗試用英文表達詩的意涵，交給讀者，以求掌握原文的精髓。

非常感謝秀威資訊科技股份有限公司，對我的詩顯示信心。感謝李魁賢博士熱心，漢譯拙詩。也感謝我的家人，沒有他們支持，我就一事無成。

商多士·雅列思

Santosh Alex

目次

夏天
Summer

對我來說
夏天是一次旅行
從城市的喧囂回到
小村莊的寧靜。

串聯到未知的結合
在荒地周圍徘徊
通過稻田和棄置操場
在池塘裡嬉戲
在番石榴和羅望子樹上擺蕩
這樣過日子。

我立刻明瞭

這些結合的價值

城市把我招回來。

字典
Dictionary

我把筆放到紙上時
字躲到某地方
我隨便它去。

我在早報上看到一個字
在衛星頻道上有幾個
在當代雜誌有一些。

我想抓
卻溜走啦。

晚上
我擔任孩子們家教時

字從字典向外偷看

出現新的意義

和習性。

婚姻
Marriage

在萬神

面前

我們發誓

要在一起。

我們已分手

好幾年。

在我們婚姻期間

你可曾見過

那些男神和女神

是誰和我們在一起？

儀器
Instrument

他得到一種儀器

可以

用來測量

心與心之間的距離。

他測量

情人心之間的距離

發現

數英里之遙。

教堂鐘響時

她走啦

拜樓誦經聲響時
他走啦。

明白儀器的事
雙方人民
攻擊他。

今天他是雕像
在交叉路口
舉手
一指朝向教堂
另一指朝向清真寺。

方舟
Ark

乘南風

揚帆回來

我越過小溪

搖曳的稻田

廣漠的荒地

幽靜的步道

無名小丘。

時間飛逝

抓蜻蜓

撿相思豆

舔芒果核

和菠蘿蜜球莖

這樣度過另一次假期。

我睜開眼睛時

是在諾亞方舟上。

泥土
Mud

我從鄉村
來到城市
泥土改變啦。

城市的泥土
只限於花盆。
鄉村的泥土
粘在我的手腳
甚至洗淨後
芳香猶存。

泥土是
我的呼吸

力道

和我的認同。

多年來

我沒有讓泥土

侵蝕我腳底。

泥土本身

不涉宗教。

我，你

他，他們

任誰跌倒

都會扶持你

像母親抱起孩子。

罪行
Offence

啊！我多麼希望聽到

噪鵲聲音

農民豐收之歌

船員謠曲

河流音樂

蜜蜂嗡嗡聲

竹林沙沙聲。

啊！我多麼希望能夠

乘西風和東風旅行。

我聽到騷動

出來一看

看到噪鵲、農民

船員、河流、蜜蜂、竹林

西風和東風

戴著手銬

被控告噪音污染。

養老院
Old-age Home

在這地方

每人必須祈禱兩次

在這小小的養老院

我們必須要自己工作

在較大的地方

才有穿制服的志工協助。

老人們

從來訪的家人當中

找兒女

要在這養老院

為他們慶生。

老人們面露笑容

但內心悲傷

任何自拍

都無法拍到他們笑。

客人們吃吃

喝喝，拍完照

就走啦。

第二天

他們用顫抖的聲音禱告

拿餐盤

站著排隊。

吃完早餐

同樣悲傷，同樣焦慮

餐廳失去安靜

有人咳嗽、有人哭泣。

摩登家庭
Modern Family

$$(a+b)^2 = a^2 + b^2 + 2ab$$

$(a+b)^2$　表示組合家庭

$a + b$　a＝祖父

　　　　b＝祖母

在一個屋簷下
一個家庭，一個廚房

a^2＝兒子的家庭
一個家庭，一個廚房

b^2 ＝女兒的家庭

一個家庭，一個廚房

2ab

其中2代表居住關係

a ＝女人

b ＝男人

在這個家庭

男人和女人享有同樣的地位

廚房怎麼辦？

家庭
Family

家有吸引力
和硬質玻璃
如果你不細心清潔
會破裂。

多年後
有些地方出現刮痕
有些地方陰陰暗暗
其他地方有污漬。

我高興注意到
玻璃依然堅硬
未破裂。

侏儒
Dwarf

在陽台上

啜飲一杯咖啡

我看見盆栽

雖是矮種

卻有吸引力。

從我公寓的十樓

看下面的房子顯得很矮。

侏儒是我們的管理員

有妻子、孩子和願望。

向魔王末梨祈願

筏摩那也變成侏儒。

男人活在

房間四壁之內

他的自我不再是男人

而是變成盆栽。

明信片
Post Card

我再也領不到退休金

母親生病

白鐵皮屋頂有許多地方破漏

這時候

農作物也毀損。

兒子呀

好好保重

盡可能回鄉下看一次吧。

距離
Distance

我手痛到

無法忍受時

測量距離

眼睛和眼淚之間

翅膀和鼓翼之間

地球和裂隙之間

事物和影子之間

波浪和海洋之間

牛隻和繩索之間

仍然無法測量

手和痛苦之間的

距離

8枚安那
Eight Annas

買素食時

我有8枚安那[*]

零錢

那8枚安那

是母親給我

作為過年

壓歲錢

我記得那時就衝出去

買糖果

今天

連乞丐都不要

雜貨店和藥房

已經改用太妃糖

不，我不會丟棄

因為我知道那真正價值

*安那，是印度舊時代的輔幣單位，等於1/16盧比。

黑色
Black

一度

所有顏色在一起

紅色

藍色

綠色

黃色

白色

黑色晚到

匆忙中

與其他色相撞

接著，無人
能夠分出彼此

報應
Retribution

他禱告

要行善舉

分擔別人哀傷

給饑餓者吃

給無衣者穿

給口乾的喉嚨解渴

天國之門大開時

樂聲高揚

全體被接往天堂

他除外

詩之於我
Poetry for Me

我的父母

不寫詩

兄弟姐妹也沒有人寫。

祖父是校長

有個人圖書室

很多藏書。

學校放假時

我在他那裡結交

莎士比亞、聶魯達、布萊希特

藍斯頓・休斯、波赫斯，

還有泰戈爾。

暑假所寫第一首詩

發表在校刊上

大學時期寫的詩

保存在我私人日記裡。

結婚後

我的詩第一位讀者

總是我的妻子。

她認為

那是好詩

有時也會建議修改。

我的詩

不是城市新娘

穿戴珠寶和昂貴莎麗

詩之於我

是鄉村新娘

純潔、謙虛又美麗。

禱告
Prayer

鐃鈸

念珠和

十字架都不需要。

燃一根蠟燭

一句衷心的話

就好。

好人
Good men

彌賽亞

和蘇格拉底

是好人，

卻都被殺害。

我不想當好人。

義務
Obligation

孩子在子宮裡

對母親說：

「我在這囚室內

總共好幾個月。

妳保護我安全到現在

沒有檢測我的性別

感謝妳這樣做。

我恐怕就要

進入妳的世界啦。

妳受制於

宗教、語言和信條。

在妳的世界

請確保我的安全

就像在妳子宮裡一樣

若做不到

我準備犧牲。」

邊境
Border

我旅行

尋找土地

要種植水稻

到達邊境。

太陽

月亮

雨

風

和旋風

在邊境兩側相似。

柵欄知道

播種仇恨種子的

那個人。

馬

象和戰車

向前推進

像棋盤上的硬幣。

國王不死。

不論輸贏

國王就是國王。

讓我成為最後死者

在邊境。

資產負債表
Balance Sheet

他雙腿

在田裡工作

不知疲倦

今天卻感到無力。

欠地主

一萬盧比

債務；

電費帳單

六千盧比。

合作社貸款

加上利息

共計三萬。

女兒這個冬天
一定要結婚。

收成
於今對他
仍然是夢想。
這一次，農作物也遭損。

不顧一切
拚命整平農田
沒有鋤頭、拖拉機或牛。

大家都說他瘋啦。

他只知道

必須全天候

工作

來還債。

深度
Depth

我在泡海水浴

潛水兩次

第三次潛入後

浮上來時

突然看到胡塞胤*。

我問

你怎麼在這裡

他微笑答說

你潛水很厲害嘛

我笑著說

還想要潛深些

他說，深處很危險
我說，你的畫有深度。

他問
你做什麼工作？
我是詩人。
詩也有深度。
我說，對！

深度不會帶給你平安。
我說，我想深入
做些成果出來。

你會被攻擊、被騙。

我說，我不在乎。

突然，他消失啦。

我上岸

思想更深刻。

* 胡塞胤指Maqbool Fida Husain，是國際著名的印度現代畫家，孟買進
  步藝術家集團創辦人。

舊童玩室
Old Playhouse

還在那裡

靠近無牛的牛棚。

鋪瓦屋頂已無美可言

有多處破裂

陽光

穿過蜘蛛網。

椰子從麻袋左角

露出

旁邊的龜裂地板上

蘑菇已固守定位。

一隻磨破涼鞋倒置。

牆上有裂縫

蜥蜴追逐蒼蠅。

紅螞蟻正遊行出屋外。

仍然在我腦海裡共鳴

阿珠、素媞、巫尼

點名完畢

我來啦。

尋找
Search

我在餐桌上

找妳

妳正在分麵包

給大家。

我在教堂裡

找妳

妳正照耀在

種田農民的身上。

我在山羊棚裡

找妳

妳前往搜尋
迷失的羔羊。

我在邊界
找妳
妳指給我看
無邊界的世界。

我在床上
找妳
妳像山上的花
在舞蹈。

好時機
Good Time

一旦我懂得

人與人之間

人與詩之間

人與評論者之間的差別

我受到他們攻擊。

我會辨別

有高度和無高度

有色彩和無色彩

靜默和喧嘩之間的差別時刻

我又受到攻擊。

攻擊的好時機
是有人懂得差別之時。

抗議
Protest

風、河流和小溪

曾經絕食抗議

旭出太陽宣布他們在抗議

毛毛雨來祝成功

和團結

風說：

我無法像以前那樣旅行

河流說：

我想要再度匯合融入海洋

小溪說：

我白天踟躕不前

黃昏時

接到月球送來軟椰子

要他們結束絕食

放棄抗議

黎明醒來看到

太陽、毛毛雨和月亮

三個在簡陋棺材內

被牛車拖走

兩首詩
Two Poems

1.

夢見青翠田野的

那位

第二天

單足站立在

及膝的深水中⋯⋯

2.

整晚撒網的

那位

把船繫在岸上

正在等待木匠傳話。

雕像
Statue

左眉

對右眉說

我能阻擋汗滴

你能嗎

右眉說，能

左眼

對右眼說

我能看到鸚鵡眼睛

你能嗎

右眼說，能

左耳

對右耳說

我能聽到喇叭聲音

你能嗎

右耳說，能

左手

對右手說

我能舉重

你能嗎

右手說，能

左腿

對右腿說

我可以混拌泥土

你能嗎

右腿說，能

突然間

公園裡的雕像

變成活人

公園裡的人民

變成雕像

烏鴉
The Crow

烏鴉

已討厭

一身黑色。

為補救

自己塗色

出發去旅行。

無論到哪裡

都受到

良好歡迎款待。

接受招待

喜出望外

宣稱自己是

鳥類之王。

宣告為自己
加冠日期。
當天
大眾聚集。
王冠放在
烏鴉的
右側。
這時候
天氣變化
刮強風
下雨
烏鴉露出
本色。

受到震驚。
群集的動物
也全部露出本色
都是一身黑
像烏鴉。

愛花的人
The Person who Loved Flowers

在他知道

花就要自殺時

把消息通知

行人

交通警察

街頭小販

學童

大學生

把車停好正往

商場走去的夫婦。

沒有人回報

請勿自殺

等到我回來
對花說完這句話
他就走掉啦。

第二天
花加入群眾
搬去他家。

我住家社區
My Housing Colony

就在家裡

沒有電話鈴聲的

那些日子

我會站在

院子裡

把鄰居朋友叫出來

他又叫他隔壁。

五到十分鐘內

我們就會聚在一起玩。

放假期間

我們會去彼此家裡探訪。

利茲旺會帶來八寶粥

我會給他蛋糕。

約瑟夫、拉哈萬、普尼思

我和提瓦里在同一學校念書

也住在同一住家社區。

不料

我們畢業後

各自就業。

其中一人出國

其他到鄰邦

我和利茲旺留在

本市就業。

我的孩子們

念聖保羅學校

拉哈萬、普尼思和提瓦里的孩子們

念妙音天女英語中學。

我的孩子們站在

我家院子裡

利茲旺的孩子們

待在他們的庭院裡

彼此看不到

跟我們那時一樣。

到今天

每當齋戒月期間

利茲旺家準備八寶粥

每當聖誕節期間

我家做蛋糕。

差別在於

我得不到八寶粥

而利茲旺沒有蛋糕。

在購物中心

利茲旺的阿蜜

和我母親

已採購完畢

正在交談喜融融。

回家時

搭不同的公車。

但願我們還是小孩

沒有念書

或工作壓力。

利茲旺會為我

帶來八寶粥

我會給利茲旺蛋糕

我們會相互擁抱。

情詩
Ghazal

我愛妳

這是心底的話

祝妳擁有全部福氣

對我具有

吸引力的是

妳的微笑

接觸

或情慾。

妳是我的音樂

我是妳的情詩。

詩之一
Poem - 1

女兒說

在故事裡

不要提到我

帶我到

長長的故事裡

我會把自己安頓

在末段的

第一行。

不要在我身邊唱

我想高歌

在八音階揚升時

我會在歌聲的

計時中

找到安頓。

不要繪我畫像

我想潛入

混合色彩中

願充填於

空白的畫布。

經歷過

故事、歌曲和繪畫後

她寫下

不易理解的東西——

一首詩。

詩之二
Poem - 2

據說

詩垂死

但我處處見到詩

在母親眼裡

在父親思想裡

在兄弟痛苦中

在姊妹笑聲中。

凡我所接觸

所見

所感

一切皆詩。

溪流

入海的河川

早晨的天空

晚上棲息的群鳥

都成詩。

農民播種

身上的汗水

是詩。

一生都是詩

全宇宙都是詩。

詩之三
Poem - 3

我看到玉米稈

急著發芽

葉子很高興

最後總會獲得自由。

麻雀飛繞

收成的田園。

玉米耳朵

帶有標章代表

農民勤勞。

比起他的勞動

我變成侏儒。

對我來說

他的汗滴本身

就是詩。

哥達瓦里河邊石階洗衣婦
The Washer-woman
at the Godhavari Ghat

多年來

她到石階

頭頂著

一大堆罪孽。

她扔下衣服

泡在水中

正如丈夫醉酒

回家時

把她推倒一樣。

她把五顏六色衣服

晾在曬衣繩上時

眼睛濕啦。

晚上

兒子來幫她

帶回乾淨衣服。

回家路上

狗在前面

男孩跟在後面。

幾年後

石階依然

情況依然。

可是

她頭髮變灰白

哥達瓦里河瘦啦。

回家路上

孫子在前面

然後是狗

最後是她。

母親之一
Mother - 1

母親讀過書

達到十級標準。

卻比受教育的人

還要聰明。

傷心的不是

母親已經不在。

傷心的是

她從來沒有為自己活過。

她身影處處

院子裡、廚房裡

她管教我們

在夏天、在冬天
幸福中、痛苦中。

很高興注意到
她還活在
家族成員當中
在他們思想裡、呼吸裡。

母親之二
Mother - 2

那是

安沙荼月[*]

有點毛毛雨

燈亮著

她在讀《羅摩衍那》。

祖父、祖母

舅舅、阿姨

大家坐著。

我們孩子諦聽她

在吟誦詩節

解釋意義。

這時她看似

女神樣。

讀完詩節後

她把《羅摩衍那》

放回書架上。

她會去

廚房

我們會出去

玩。

嗨，又是

安沙茶月

經過多年後

我已回家。

晚上

燈亮著

《羅摩衍那》在架上

蒙著灰塵

失去的人是……

*安沙荼月（Asadha），印度太陰曆法的第四月。

復活節
Easter

《馬太福音》第26章第26至28節：「他們喫的時候，耶穌拿起餅來，祝福，就擘開，遞給門徒，說，你們拿著喫，這是我的身體。又拿起杯來，祝謝了，遞給他們，說，你們都喝這個。因為這是我立約的血，為多人流出來，使罪得赦。」

星星在
矗立於山丘上的
教堂上方飛翔。
牧師
在燈籠光下
瑟瑟禱告。

窮人的血
供止渴。
懶人的麵包
供止饑。

國王
騎馬前往
耶路撒冷。
群眾捲起地毯
高唱讚美歌。

鈴聲響
供奉葡萄酒和麵包。

祂

升天

在彩雲間。

父親
Father

（給父親的安魂曲）

他在陽台上

有專屬的地方

常坐在那裡

讀報紙。

有時

會叫我

貝塔，拿眼鏡給我

有時會叫母親

給他茶。

有一天
他在洗手間
跌倒。
我陪他坐在一起
揉他的膝蓋和肩膀
好一段時間。

曾經第一次
把我抱起來的
雙手
和我握手
合掌
祝福我。

他眼睛濕了
淚珠從我眼眶流下來
他的嘴唇翕動
我說出保重的話。

他要我
第二天晚上見面。
我去購買日記簿後
遲到啦。
他在房間裡睡覺
我把日記簿放在他枕邊
就退出來。

早上

他突然呼吸困難。

我透過加護病房的

玻璃門

可以看到他

側臥。

到底

他想要跟我

講什麼。

在我找到工作時

在我要結婚時

他都把我叫到他房間裡。

在那兩次情況下

我適時見他，

接受指示

這次……

他在學校工作

準時上班

信守承諾。

決定

結婚時

他把我叫到他房間裡

給我指示
我認為
他是我的
兄長
我的精神導師
我的貴人。
這次我遲到了
他已睡著。

即使現在
他正在睡覺
心臟監測器讀數
起伏波動。

到底

他想要跟我

講什麼。

我開始寫詩

就在那些日子。

他常加以修改

他說

這首詩不順

語法需要改進

沒有生活經驗

寫太長

詩要慢慢琢磨。

我困惑
就停止寫詩。

有一天
我寫成一首好詩。
那天他吻我的額頭
我眼睛濕了。

在加護病房外等待
媽媽和妹妹
眼睛也濕了。
我要妹妹
好好照顧母親。

那一天
他握著妹妹的手
走進教堂
履行父親職責。
晚上
在她告別時
他獨自在房間內
飲泣。

護士叫聲
「給病人
送早餐啦。」
我慢慢扶他起床

他說：「我想回家。」
「過兩天回去。」我說

他像小孩子
說他不想
吃早餐。
我拿餅乾
蘸茶。
他吃了兩片餅乾
說不要第三片
喝了一點水
又睡了。
從此沒有醒來。

即使今天

我坐在陽台上

不知不覺站起來

幫他拿眼鏡。

母親在我之前

端來一杯茶。

唉，父親呀！

到底

那時候

你有什麼要和我分享嗎？

在布拉格晚上
An Evening in Prague

——閱讀尼爾麻・維爾馬（Nirmal Verma）著

《那些日子》

我們到達布拉格

是在12月的第三星期。

從飛機上

俯瞰

雪封布拉格市。

連續冰暴

迫得我們只好留在

飯店房間裡。

第四天

出現燦爛陽光。

令人驚訝

好像舊日記簿的空白頁。

我和翟

想到處去看看。

第一站是音樂劇場

我們搭電車到瓦茨拉夫廣場

就在劇場附近。

我們經過

賣香腸小攤

走向劇場。

買了票

表演正要開始。

有幾位坐在前排。

來看表演的人

不太多。

在幃幕上

看見莫扎特照片

幾秒鐘內就消失了

出現房屋

教堂

歌劇院的照片。

一位女士上台

簡單說明

莫扎特音樂會

提示曲目

就下台。

唱機響起

像一陣微風。

新照片再度

出現在銀幕上

她再度說明音樂會曲目

又退到舞台後面。

四十分鐘後

表演結束。
我們離開劇場。

我們下一站是
石鐘之家
歐洲最大規模。
鐘聲響起時
聖人雕像
走出玻璃護罩
排成一列
舉手
向群眾祝福
即退回去。

在他們退回去之前

我用照相機

搶到聖徒鏡頭。

第三站

到猶太會堂

在尼古拉斯街。

尼古拉斯街的商店

人群擁擠

採購聖誕節貨物。

左側

有商店

滿是聖誕樹

以及鈴鐺和氣球。

右側

也是商店

賣蛋糕、巧克力。

有人打扮成

聖誕老人

在贈送帽子給孩子們。

我們到達教堂。

夕暉

照在教堂窗口上

我們拍了幾張照片

彌撒已經開始。

我們進教堂

人滿

聖誕樹

排列在講壇的

右側

用小星星、鈴鐺

和氣球裝飾。

神甫宣布

合唱團

要唱聖歌第121首

「聽天使高聲歌唱

　榮耀歸與新生王」

合唱團真棒

女低音和女高音傑出

彌撒結束時

已七點鐘。

我們

在尼古拉斯街

沿堤散步。

長椅上

滿雪。

在另一側

可看見萊特那山脈

山上天文台

裝飾三顆星星

讓人聯想往見聖嬰耶穌的

三位國王。

已經很冷

我們也餓啦

前往一家餐廳

在伏爾塔瓦河邊。

有看板顯示

「參觀布拉格，夢想城市。」

晚餐後

我們在附近橋上

站立片刻

靜到

夠聽清楚

橋下伏爾塔瓦河流水聲

要去匯合我的恒河。

孟買
Mumbai

早晨五點鐘

夫妻

忙著工作。

他們談話聲

連睡夢中的人

都可聽到。

朋友

你在哪裡找安慰呢?

在禱告

在施捨

在詩。

看看幸福的
夫妻。
他們已經出門
去趕當地火車。

在孟買黎明時
只有男女。

德里
Dehli

我抽空
參訪舊城和新城。

參訪城市
讓人能夠觀摩
該城市的
文化，語言和實務。

我訪問德里時
朋友在
火車站等我。
城市是由圍牆、招牌、
交通、學校、學院

構成的嗎?

長久以來

德里就有人住

至今已群眾擁擠。

我已經很久

沒有來過德里。

這次

朋友沒有

來接我。

或許他健康不佳

或許他在車站外等。

我到他家

鄰居說

好多天沒見到人啦。

到德里

朋友不在

就像回到家裡

母親不在

看到田園

被敵人毀損

看到孩童

被棄置在搖籃裡。

也許

下次我不會再來德里。

我們之間沉默無言
The Silence Between Us

妳對愛的定義

和我的定義

不同。

妳有自己的

論證。

無論如何

我不想說什麼。

即使我說了

妳不想聽。

我想問的是

妳現在怎麼樣呀？

認識妳是巧合
經過選擇、接受
現實；
離開妳
還要看條件。

走到這地步
很難保持平衡。
有機會
滑倒。

我們之間沉默無言
太好啦。

妳的沉默

不全然沉默

是暫時。

妳以為

我會生氣

妳是我的最佳禮物

像生活

帶點小憂、淺笑。

戰爭
War

不論
哪一方
在戰爭中
勝利
雙方都
有受傷的人。

戰爭一直打不完。
從摩訶婆羅多時代起
戰爭是五對一百。

為了五位勝利
死掉一百人
據說達摩勝出。

古魯格舍德拉
滿地屍體。
犍陀羅摸索
摔倒。

戰爭多一天
就結束。
傷者
在等待希望。

也許

諾亞會給他們

在方舟上有位置。

在瓦拉納西恒河堤岸
The Banks of the Ganges in Benares

黎明時分

船繫在

石階。

沒有乘客

也沒有船夫。

稍有陽光

視線足以

看到船。

我在嘗試

聽恒河。

沒有像以前

那樣有勁。

她告訴我

在遠遠禱告

就離開吧。

總之

我在那裡

靜坐片刻。

即將離開時

看到對面牆上寫著

神聖恒河、神聖喀什。

希望
Hope

在網際網路時代

我有

筆和紙

也有電腦。

我知道

電子郵件會很快

發送我的消息出去。

然而

我寫信

是希望

只要是信

確定會寄達

收信人。

淋浴
Shower

夜裡
淋浴
清洗汗水和臭味。

水落在額頭上時
疲憊的鳥飛走
心情變輕鬆
身體變舒爽。

洗澡是
脫掉一個身體
換另一個。

癌症
Cancer

我站在

他的床邊。

凡見過他的人

永遠不會忘記他的談話

炯炯眼神和笑容

多年來

他在戰爭前線。

他閱讀

訪客的臉

他們的同情

表達愛的方式

非帶不可的水果。

他們的行為

讓他想到莎士比亞的話

所有男女

莫非演員

來世間表演他們的角色。

他們演完就離開。

他心裡想

準備接下一位訪客。

用手摸摸剃光頭

躺下來。

他知道

時機已到

肝、腎、眼睛

——失去作用。

久而久之

有一天他談興好

又是笑

又是拍手

朗誦他的詩

大有自信

突然間

他哽住啦。

指示

要水。

喝一點點

就

倒在我的胸前。

他有所準備

你呢…………？

鄉間小路
Country Pathway

兒子念五年級

讀到課文〈鄉村〉

他突然問

爸爸，什麼是鄉間小路？

想起我的村莊。

在村里

鄉間小路盡頭

就是岩石地形開端。

在些地方有樹林。

泥路上可以看到

動物蹄的痕跡

我有多次

攀越岩石山脈回家。

但不敢走入樹林。

如今

泥路沒有啦

岩石地形也沒有啦

樹林更是罕見。

從現有小路

湧出新的道路。

我如何告訴兒子

小路是鄉村的

證人。

拉達和克里希納*
Radha and Krishna

妳來時

我會很高興

像河流、小溪

植物和樹木

因臨雨而快樂。

我裝潢

妳的房子

用畫美化牆壁

用新簾美化窗戶。

我保留

所有給妳的話

已經多年沒有用過。

在我們交談時

生趣盎然

又展現文字的美。

妳來時

我會很高興。

花會綻放，蝴蝶會飛

天空會下雨

大自然

會充滿榮耀。

再一次

我們會成為

拉達和克里希納。

---

* 印度神話中黑天神克里希納（Krishna）少年當牧人時，結識情人拉達
　（Radha），兩人相戀。毘濕奴（Vishnu）教的虔誠派認為拉達象徵人
　的靈魂，克里希納象徵神的靈魂。

調查
Enquiry

昨天被強暴的女孩

晚上

正在演奏小提琴。

對她自身遭遇不說一句話。

在調查過程中

發現

沒有男人在現場出現。

在河邊找到的痕跡

是交媾動物留下。

調查後

隊員過河時

月亮和星星都不願意
出現。

詩人簡介

　　商多士・雅列思（Santosh Alex），1971年出生於印度喀拉拉邦的蒂魯瓦爾拉市（Tiruvalla），現住在科欽（Cochin），為著名雙語詩人、多語翻譯者和詩活動策展人，已出版40本書，包含詩集、評論和翻譯。畢業於塔拉佑拉帕藍浦（Thalayolaparampu）學院印地文學系、科欽科技大學印地語文學研究所，以論文《Kedarnath Singh和K. Satchidanandan詩歌中的人文主義比較研究》獲得設在卡特帕迪（Katpati）的

韋洛爾技術學院博士學位。創辦兼執行科欽文學慶典（2017年），為印度新進和成熟作家提供機會平台，並應邀參加國內外各種詩歌節。

出版兩本馬拉雅拉姆文（Malayalam）詩集《*Dooram, 2008*》和《*Njan ninakku oru ghazal, 2013*》，以及兩本印地文詩集《*Hindare Panech Tale ki mitti, 2013*》和《*Hamare beech ka maun, 2017*》，還有一本英文詩集《孑然一身》（*Alone with Everyone, 2017*）。作品獲選入國際詩選中，例如《從藍色雷聲中日出》、《哈德遜景觀》、《印度澳洲詩選》、《哈扎拉詩集》、《21世紀印度詩》、《印度尼泊爾選集》和《詩棱鏡》。作品譯成馬拉雅拉姆文、英文、泰盧固文、卡納達文、康卡尼文、奧迪亞文、

邁錫利文、桑塔利文、孟加拉文、阿薩姆文、尼泊爾文、塞爾維亞文、庫德文、斯洛維尼亞文、蒙古文、土耳其文、阿拉伯文、匈牙利文、巴勒斯坦文、華文、越南文、法文、西班牙文、烏茲別克文和德文。2011年9月，被美國文學雜誌《單一獵犬》（*Single Hound*）選為當月詩人。作品在報章雜誌發表，並在電台電視播出，包括《印度文學》、《魅詩》、《繆斯印度》、《普拉提利比》（*Pratilipi*）、《七姐妹郵報》、《印度沉思》和《拉什特里亞・撒哈拉》（*Rashtriya Sahara*），以及州立文學院（State's Sahitya Academy）的期刊。

商多士・雅列思用英文、印地文和馬拉雅拉姆文翻譯後殖民文學，將主要作家作品從各種印度文

翻譯成印地文和馬拉雅拉姆文，包括克什米爾古典詩人Lal Ded、馬拉雅拉姆語詩人如Vyloplli, Kumaran Asan, Aiyappa Panikkar ONV, K. Satchidanandan, KGSankara Pillai，短篇小說家如Basheer, Uroob, M.T., Sethu, Zakaria, Punathil, E. Harikumar, C. V. Sreeraman, T. Padmanabhan, Sarah Joseph，小說家Basheer，亦將Jnanpith獎得主Kedarnath Singhs的印地文詩作，譯成馬拉雅拉姆文。27年來用不同語言翻譯印度近150位作家的作品，藉翻譯和創作豐富了印度文學。他把李魁賢詩集《黃昏時刻》譯成印地文，在印度出版，書名《螺首》（*ड्गन सिर*, Authors Press 2021）。

商多士·雅列思榮獲許多獎項，包括Pandit

Narayan Dev Puraskaar獎（2004年）、Dwivageesh Puraskaar國家翻譯獎（2008年）、Thalashery Raghavan 詩獎（2015年）、Srijanlok Yuva kavi Samman獎（2015 年）、Sahitya Ratna Puraskaar獎（2016年）、義大利 國際維特魯威Vitruvio詩獎（2018年）和Pakhi Shabd Sadak Anuvad Samman獎（2018年）。

譯者簡介

　　李魁賢，1937年生，1953年開始發表詩作，曾
任台灣筆會會長，國家文化藝術基金會董事長。現任
國際作家藝術家協會理事、世界詩人運動組織副會
長、福爾摩莎國際詩歌節策畫。詩被譯成各種語文在
日本、韓國、加拿大、紐西蘭、荷蘭、南斯拉夫、羅
馬尼亞、印度、希臘、美國、西班牙、巴西、蒙古、
俄羅斯、立陶宛、古巴、智利、尼加拉瓜、孟加拉、
馬其頓、土耳其、波蘭、塞爾維亞、葡萄牙、馬來西

亞、義大利、墨西哥、摩洛哥等國發表。

　　出版著作包括《李魁賢詩集》全6冊、《李魁賢文集》全10冊、《李魁賢譯詩集》全8冊、翻譯《歐洲經典詩選》全25冊、《名流詩叢》46冊、回憶錄《人生拼圖》和《我的新世紀詩路》，及其他共二百餘本。英譯詩集有《愛是我的信仰》、《溫柔的美感》、《島與島之間》、《黃昏時刻》、《給智利的情詩20首》、《存在或不存在》、《彫塑詩集》、《感應》、《兩弦》和《日出日落》。詩集《黃昏時刻》被譯成英文、蒙古文、俄羅斯文、羅馬尼亞文、西班牙文、法文、韓文、孟加拉文、塞爾維亞文、阿爾巴尼亞文、土耳其文、德文，印地文，以及有待出版的馬其頓文、阿拉伯文等。

曾獲吳濁流新詩獎、中山技術發明獎、中興文藝獎章詩歌獎、比利時布魯塞爾市長金質獎章、笠詩評論獎、美國愛因斯坦國際學術基金會和平銅牌獎、巫永福評論獎、韓國亞洲詩人貢獻獎、笠詩創作獎、榮後台灣詩獎、賴和文學獎、行政院文化獎、印度麥氏學會詩人獎、台灣新文學貢獻獎、吳三連獎新詩獎、台灣新文學貢獻獎、蒙古文化基金會文化名人獎牌和詩人獎章、蒙古建國八百週年成吉思汗金牌、成吉思汗大學金質獎章和蒙古作家聯盟推廣蒙古文學貢獻獎、真理大學台灣文學家牛津獎、韓國高麗文學獎、孟加拉卡塔克文學獎、馬其頓奈姆・弗拉謝里文學獎、秘魯特里爾塞金獎和金幟獎、台灣國家文藝獎、印度普立哲書商首席傑出詩獎、蒙特內哥羅（黑山）

共和國文學翻譯協會文學翻譯獎、塞爾維亞國際卓越詩藝一級騎士獎。

語言文學類　PG2702　名流詩叢44

孑然一身
Alone With Everybody

作　　　者/商多士‧雅列思（Santosh Alex）
譯　　　者/李魁賢（Lee Kuei-shien）
責任編輯/楊岱晴
圖文排版/蔡忠翰
封面設計/劉肇昇

發 行 人/宋政坤
法律顧問/毛國樑　律師
出版發行/秀威資訊科技股份有限公司
　　　　　114台北市內湖區瑞光路76巷65號1樓
　　　　　電話：+886-2-2796-3638　傳真：+886-2-2796-1377
　　　　　http://www.showwe.com.tw
劃撥帳號/19563868　戶名：秀威資訊科技股份有限公司
　　　　　讀者服務信箱：service@showwe.com.tw
展 售 門 市/國家書店（松江門市）
　　　　　104台北市中山區松江路209號1樓
　　　　　電話：+886-2-2518-0207　傳真：+886-2-2518-0778
網路訂購/秀威網路書店：https://store.showwe.tw
　　　　　國家網路書店：https://www.govbooks.com.tw

2022年2月　BOD一版
定價：220元
版權所有　翻印必究
本書如有缺頁、破損或裝訂錯誤，請寄回更換

讀者回函卡

國家圖書館出版品預行編目

孑然一身/商多士.雅列思(Santosh Alex)著;李
魁賢譯. -- 一版. -- 臺北市:秀威資訊科技
股份有限公司, 2022.02
　　面；　公分
BOD版
譯自：Alone with everybody
ISBN 978-626-7088-26-5(平裝)

867.51　　　　　　　　　　110021704